AF284301

Mandy Schlesinger

Mischa und Bongo
Eine dinotastische Freundschaft

Mandy Schlesinger

Mischa und Bongo
Eine dinotastische Freundschaft

Ein
spannender
Fund

„Mama, sieh mal!", ruft Mischa. Aufgeregt läuft der Junge mit den braunen Locken am Ufer des kleinen Sees auf und ab.

Mama kommt näher und legt einen Arm um ihren Sohn. Gemeinsam schauen sie in das klare Wasser. Sie beobachten Fische und zählen die vielen weißen Seerosen.

„Wollen wir hier eine Pause machen?", fragt Papa. „Das war eine lange Wanderung. Wir brauchen dringend eine Stärkung."

„Ja, ich habe schon richtig Hunger!", stimmt Mischa freudig zu.

„Ich helfe euch bei der Vorbereitung, dann geht es schneller", sagt seine große Schwester Elena.

Papa breitet eine Decke auf dem Boden aus und Mama sorgt zusammen mit Elena für ein leckeres Picknick. Es gibt Obst, Nudelsalat, Brot und Würstchen.

Schnell setzen sich die Geschwister auf die Decke. Wie hungrige Löwen stürzen sie sich auf die Leckereien.

Mischa ist fertig und steht auf. Mehr passt von dem köstlichen Essen wirklich nicht in seinen Bauch. Darum fragt er: „Darf ich mich ein wenig umsehen?"

„Natürlich. Aber lauf nicht zu weit weg", sagt Papa.

Da strahlt Mischa. Er liebt es, auf Entdeckungsreise zu gehen.

Gut gelaunt läuft der kleine Entdecker am Ufer entlang. Er beobachtet Frösche im Wasser und Libellen im Schilf. Dabei springt er über Wurzeln und riecht an den schönsten Blumen. Immer tiefer läuft er in den Wald und erfreut sich am Duft der Tannennadeln.

Da entdeckt er plötzlich eine kleine Höhle. Fast hätte er den Eingang übersehen, weil er hinter Efeu und dichten Sträuchern verborgen liegt.

Mischas Neugier ist geweckt. Wartet in der Höhle vielleicht ein Schatz auf ihn?

Aufgeregt schiebt er die Pflanzen zur Seite und klettert hinein. Drinnen ist es düster, aber es reicht, um eine Erkundung zu starten. Die Luft ist hier kühl und die Felswände sind feucht. Mischa gefällt dieses Abenteuer immer mehr, darum läuft er weiter. Da er wenig sieht, tastet er sich langsam vorwärts. Trotzdem bleibt er an irgendetwas hängen und stolpert. Er kann sich nicht mehr abfangen und fällt hin.

„Aua!" Mischa stöhnt, das tut ganz schön weh! Vorsichtig berührt er sein Knie. Zum Glück blutet es nicht und der Schmerz lässt schnell nach.

Mischa schaut nun erst einmal, was ihn zu Fall gebracht hat. Er erkennt die Umrisse eines Steines, der fast so groß ist wie sein Kopf. Der Junge streckt seine Hand aus und berührt den Brocken. Er fühlt sich glatt an.

Welche Farbe er wohl hat?

Er will den Stein draußen im Sonnenlicht genauer untersuchen, darum hebt er ihn hoch und stellt überrascht fest, dass er gar nicht schwer ist. Behutsam setzt er einen Fuß vor den anderen, um nicht noch einmal zu fallen, und trägt ihn nach draußen.

Die Sonne blendet ihn ein wenig, als er aus der düsteren Höhle tritt. Vorsichtig legt er seinen Fund ab. Er setzt sich daneben in das weiche Moos und wartet, bis sich seine Augen an das Licht gewöhnt haben.

Danach betrachtet er den Brocken von allen Seiten. Er glänzt grün und ist mit kleinen gelben Punkten überzogen. Die Form erinnert ihn nicht an einen Stein, sondern an ein Ei.

Ist das möglich? Welches Tier legt so große Eier?

„Mischa!", hört er seine Mutter aus der Ferne rufen. „Mischa, wir wollen weiter!"

„Ich komme", antwortet er und trägt das Ei zu seinen Eltern. „Schaut mal, was ich gefunden habe", ruft Mischa aufgeregt und stolz zugleich.

„Was für ein schöner Stein", staunt Mama.

„Das ist kein Stein. Seht ihr die Form? Das ist ein Ei", erklärt Mischa überzeugt.

„Ja klar." Seine Schwester Elena lacht. „Wahrscheinlich ist es ein Dino-Ei."

Mischa schaut sie mit großen Augen an, dann betrachtet er sein Fundstück mit einem breiten Grinsen.

Ein Dino-Ei. Wahnsinn!

„Das war ein Scherz", sagt Elena und schaut ihn belustigt an. „Lass den Stein hier. Du wirst ihn doch nicht den ganzen Weg nach Hause tragen wollen?"

Mischa hört ihr schon gar nicht mehr zu. Er zieht die Regenjacke aus dem Rucksack und bindet sie um seine Hüften. Jetzt ist genug Platz für das Ei. Vorsichtig packt er es hinein und macht sich auf den Weg. Elena und seine Eltern sind bereits vorausgelaufen. Mischa rennt ein kurzes Stück, um sie einzuholen. Dabei lächelt er über das ganze Gesicht. Das ist ein Dino-Ei, da ist er sich sicher. Und er wird sehr gut darauf aufpassen!

Das
verschwundene
Ei

Nervös rutscht Mischa auf seinem Stuhl hin und her. Immer wieder schaut er auf seine Armbanduhr. Es kommt ihm vor, als würden die Zeiger ihre Runden heute absichtlich langsamer drehen.

Endlich ertönt das Klingeln der Schulglocke!

Mischa springt auf, schnappt sich seinen Ranzen und rennt in Windeseile nach Hause. Schnell wie eine Rakete düst er die Treppe hinauf. Er kann es kaum erwarten, zu dem Ei zu kommen. Jeden Morgen legt er es in sein Bett. Dann deckt er es mit seiner Decke zu, damit sein Dino nicht friert.

Als er jedoch an diesem Nachmittag sein Zimmer betritt, ist das Bett leer.

Mischa hält panisch die Luft an. „Das kann nicht sein", ruft er entsetzt.

Hektisch durchsucht er den Raum. Er schaut im Kleiderschrank, in seiner Spielzeugkiste, unterm Schreibtisch und hinter den langen blauen Vorhängen neben seinem Fenster. Keine Spur!

Traurig und erschöpft wirft er sich auf sein Bett. Er schließt die Augen und überlegt angestrengt, ob er das Ei heute Morgen woanders hingelegt hat.

Es will ihm einfach nicht einfallen. Je länger er grübelt, desto unruhiger wird er.

Da hört er auf einmal ein leises Schnauben.

Was war das?

Mischa öffnet die Augen und schaut sich erschrocken um. Nichts zu sehen, er ist allein. Langsam sinkt er zurück in sein Kissen, doch ein ungutes Gefühl bleibt.

Da ertönt ein lautes Geräusch:

„Hatschi!"

Das kam doch aus der Nähe.

Ist jemand unter seinem Bett? Hat sich etwa ein Tier in das Haus geschlichen? Vielleicht ein Eichhörnchen oder ein Waschbär? Oder noch schlimmer – eine Ratte?

Was soll er tun? Unter dem Bett nachsehen? Er könnte ja auch schnell Hilfe holen.

Nein, er bekommt das alleine hin!

Mischa nimmt allen Mut zusammen. Langsam steht er auf und legt sich auf den Boden. Vorsichtig schaut er unter das Bett. Zwei orangefarbene Punkte leuchten ihm entgegen. Sie glänzen wie Bernstein. Erschrocken springt Mischa zurück.

Sein Herz pocht laut und schnell, es will sich gar nicht beruhigen. Währenddessen ist es in seinem Zimmer für einen Moment lang still. Er atmet tief durch und überlegt sich gerade, noch einmal nachzusehen.

Da raschelt es.

Ein kleiner blauer Dinosaurier schiebt seinen Kopf unter dem Bett hervor. Mischa glaubt nicht, was er da sieht.

Mit offenem Mund und weit aufgerissenen Augen sitzt er auf dem Boden und kann sich nicht rühren. Da ist ein Dino unter seinem Bett. Ein echter, lebendiger Dinosaurier!

Ob der gefährlich ist?

Das blaue Kerlchen schaut Mischa mit großen Augen an. Auf seinem Kopf liegt ein Stück Eierschale. Der Junge erkennt es sofort: Es ist grün mit kleinen gelben Punkten.

Genau so wie sein Ei!

Er kriecht näher an das Tier heran, lächelt und streckt vorsichtig seine Hand aus.

„Hallo! Ich heiße Mischa. Und wer bist du?"

Unsicher schaut der Dino zu ihm auf. Er schnüffelt ausgiebig an der Hand des Jungen und fasst sich ein Herz. Langsam klettert er auf Mischas Schoß.

Eine Weile beobachten sich die beiden gegenseitig. Der Junge streichelt die blaue ledrige Haut seines neuen Freundes. Er beobachtet, wie sich der lange Schwanz hin und her bewegt. Am Bein entdeckt er ein kleines rotes Mal, das wie ein Stern aussieht. Vorsichtig streicht er mit dem Finger darüber.

Da hat der Dino genug. Er springt auf und hüpft im Kreis herum. Er möchte mit ihm spielen!

Gemeinsam toben die beiden durch das Kinderzimmer. Übermütig zeigt Mischa seinem neuen Freund einen Purzelbaum. Das muss der Dino natürlich auch versuchen. Er setzt seine Vorderfüße und den Kopf auf dem Boden auf. Dann stößt er sich mit den Beinen ab und kippt zur Seite. Mischa kugelt sich vor Lachen, bis ihm der Bauch schmerzt.

Bald darauf wird der Dino müde. Kein Wunder. Es hat ihn sicher viel Kraft gekostet, sich aus dem Ei heraus zu kämpfen. Er rollt sich auf dem Bett zusammen und schläft sofort ein.

Mischa deckt ihn zu. Auf Zehenspitzen schleicht er zu seinem Bücherregal. Er wüsste zu gern, was für einen Dino er gefunden hat. Zielsicher greift er nach dem Buch über die Urtiere, das Tante Inge ihm zum Geburtstag geschenkt hat. Er setzt sich an seinen Schreibtisch und blättert darin. Sein Dino läuft auf vier Beinen. Damit scheidet der gefährliche T-Rex aus. Ein Glück!

Brachiosaurus oder Brontosaurus sehen ihm recht ähnlich. Er blättert weiter und entdeckt das Bild eines Europasaurus. Der lange Hals und die kleinen Zacken auf dem Rücken passen zu seinem Dino. Mischa liest die Beschreibung. Diese Zwergdinos wurden nur zwei Meter hoch. Sie lebten vor über 150 Millionen Jahren in Deutschland. Das würde erklären, wie das Ei hierher kam.

Mischa ist sich nicht sicher, welchen Dino er gefunden hat. Aber alle, die ihm ähnlich sehen, sind Pflanzenfresser. Erleichtert klappt er das Buch zu.

Er kniet sich neben das Bett und betrachtet den Dino eine Weile. Da hat er eine Idee:

Sein neuer Freund braucht einen Schlafplatz!

Er sucht im ganzen Haus nach einem großen Karton. Im Keller findet er einen neben dem Regal mit den Konserven. Er schneidet die Ränder etwas kürzer und malt die Kiste an. Grün mit gelben Punkten, so wie das Ei. Das sollte dem Dino gefallen. Dann legt er ein dickes Kissen und eine Decke hinein. Nun fehlt nur noch etwas Essbares.

Welche Pflanzen die Dinos vor so langer Zeit wohl gefressen haben?

Aus dem Garten holt er Salat, eine Gurke und Löwenzahn. In der Küche findet er Weintrauben und einen Apfel. Da wird schon etwas für den Dino dabei sein.

Das Bett ist erneut leer, als er in sein Zimmer zurückkommt. Vor Schreck lässt er die Leckereien fallen.

Wo kann der Dino nur hingegangen sein? Oder hat er sich das alles nur eingebildet?

Da fällt ihm das offene Fenster auf. Mischa schaut hinaus und entdeckt den kleinen Ausreißer, der über die Wiese zum Gemüsegarten hüpft. Schnell eilt er ihm durch das Haus hinterher. Der Dino macht es sich inzwischen im Erdbeerbeet gemütlich. Genüsslich schiebt er sich eine rote Beere nach der anderen in sein großes Maul.

„Du kannst doch nicht weglaufen und die Erd-beeren mopsen. Wenn dich meine Eltern sehen, werden sie mir sicher nicht erlauben, dich zu behalten."

Mischa hebt den Dino aus dem Beet. „Du bist doch mein Freund. Ich möchte dich nicht verlieren.

Versprich mir bitte, dass du nie wieder davonläufst."

Der Dino nickt und kuschelt sich fest an ihn. Gemeinsam gehen sie zurück ins Haus. Glücklich betrachtet Mischa das kleine Wesen auf seinem Arm. Er ist sich sicher: Das ist der Beginn einer wunderbaren Freundschaft.

Dinos erste
Worte

Mischa und Dino sitzen am Fenster. Sie beobachten, wie die Regentropfen vom Himmel fallen.

Der Junge erzählt von seinem Schultag: „Und dann habe ich meinen Vortrag über Gertreide gehalten. Es gibt ganz viele Arten von Getreide. Weizen, Hafer und Roggen ... Und wusstest du, dass es Sommer- und Wintergetreide gibt?"

Der Dino sieht ihn mit großen Augen an, aber er antwortet natürlich nicht.

Mischa erzählt weiter. Vom Herrn Singer, der sich im Werkunterricht mit dem Hammer auf den Daumen geschlagen hat. Erst hatte die Klasse ein bisschen Angst, aber dann musste der Lehrer selbst über sein Missgeschick kichern. Da lachten die Schüler mit ihm und gaben von da an besonders gut auf ihre Finger acht.

Außerdem erzählt er von seinem besten Freund: „Tim war heute nicht in der Schule. Es ging ihm nicht gut. Ich hätte ihn so gerne bei mir gehabt. Heute war der Aufnahmetest für die Schulmannschaft. Die Mitglieder dieser Mannschaft trainieren Laufen, Springen und Werfen. Und man darf sogar an Wettkämpfen teilnehmen. Leider habe ich es nicht geschafft. Der doofe Justus was schneller. Ausgerechnet! Der ist immer so gemein zu mir."

Betrübt legt Mischa den Kopf auf seine Arme. Der Dino stupst ihn mit der Schnauze an. Aufmunternd lächelt er ihm zu.

„Ach, Dino. Es ist so lieb, dass du mich aufmuntern möchtest. Schade, dass du nicht mit mir sprechen kannst. Ich wüsste so gerne, was du mir sagen möchtest."

Der Dino stößt ihn erneut an und sagt leise: „Mischa."

Der Junge hebt seinen Lockenkopf und schaut ihn mit großen Augen an. „Sag das noch einmal."

„Mischa ... nicht ... traurig ... sein", antwortet der Dino langsam.

„Du kannst sprechen? Das ist ja wunderbar!", ruft der Junge staunend und tanzt vor Freude durch das Zimmer.

All die Enttäuschungen des Tages sind sofort vergessen. Die Freunde setzen sich auf das Bett und üben. Mischa spricht einige Worte vor. Der kleine Dino wiederholt sie. Er lernt schnell. Schon nach kurzer Zeit singen sie gemeinsam Kinderlieder. Mischa tanzt, der Dino trommelt dazu auf dem umgestülpten Papierkorb.

„Ich wusste gar nicht, dass Dinos so musikalisch sind", meint Mischa. Er setzt sich an seinen Schreibtisch und trommelt auf der Tischplatte. „Wir sollten als Bongo-Duo auftreten. Das wäre ein Spaß", sagt er erfreut.

„Bongo, Bongo", jubelt der Dino im Takt der Musik.

Mischa hält schlagartig inne. „Das wäre doch der perfekte Name für dich. Bongo. Was meinst du?"

„Bongo! Bongo! Dino heißt Bongo!", singt der kleine Trommelspieler begeistert und springt fröhlich auf und ab.

Am Abend liegt Mischa lange wach. Er kuschelt sich an seinen blauen Freund Bongo und denkt an diesen aufregenden Tag. Er hat so blöd begonnen: ohne Tim, dafür mit einem vermasselten Sporttest. Doch dann wurde es ein herrlicher Nachmittag:

Sein Dino hat sprechen gelernt und einen Namen bekommen. Mit Bongo an seiner Seite werden auch die schlimmsten Tage ein schönes Ende nehmen. Mit diesem Gedanken schläft er zufrieden ein.

In der
Schule

„Du bleibst in meinem Zimmer, damit dich niemand entdeckt! Hast du verstanden?" Mischa sieht Bongo streng an. „Niemand darf dich finden."

Der Dino nickt.

„Wo habe ich denn mein Mathebuch?", fragt der Junge und durchsucht hektisch das Chaos auf seinem Schreibtisch.

Bongo kriecht unter das Bett. Als er wieder hervorkommt, hält er das Buch mit dem blauen Umschlag triumphierend in die Höhe. „Habs!"

Mischa nimmt das Buch und drückt Bongo fest an sich. In diesem Moment öffnet sich die Zimmertür.

„Wo bleibst du denn? Wir kommen zu spät zur Schule", ruft Elena.

Erschrocken setzt sich Mischa auf das Bett und versucht, Bongo hinter seinem Rücken zu verbergen.

Elena runzelt misstrauisch die Stirn. „Was versteckst du denn da?"

„Nichts ...", antwortet Mischa.

Schnell schiebt sich Elena an ihm vorbei und schaut sich um. Verwirrt sieht sie ihren Bruder an. „Da ist ja wirklich nichts", stellt sie verwundert fest.

„Da ist nichts?" Jetzt ist auch Mischa überrascht.

„Du benimmst dich echt komisch, kleiner Bruder." Elena verlässt kopfschüttelnd den Raum.

„Deine Schwester sieht mich nicht?", fragt Bongo staunend.

Mischa nickt. „Heißt das, nur ich kann dich sehen?" Bongo zuckt mit den Schultern.

„Komm mit. Das finden wir heraus." Der Junge schnappt sich seinen Ranzen und läuft in die Küche, Bongo folgt ihm.

„Guten Morgen, Liebling. Hast du gut geschlafen? Beeil dich, sonst kommst du zu spät zur Schule." Seine Mutter reicht ihm eine Schüssel mit Müsli.

Mischa nimmt am Tisch Platz, der Dino setzt sich auf den freien Stuhl neben ihn.

„Geht es dir heute besser oder bist du noch traurig, weil du es nicht in die Mannschaft geschafft hast?", fragt seine Mutter besorgt. Sie setzt sich Mischa gegenüber und schenkt Bongo keinen einzigen Blick.

„Nein, schon in Ordnung. Ist dir heute Morgen etwas Ungewöhnliches aufgefallen?", fragt Mischa beiläufig. Er möchte unbedingt wissen, ob außer ihm wirklich niemand Bongo sehen kann.

„Nein, warum fragst du?"

„Nur so." Mischa dreht sich weg und grinst heim-lich. Da knurrt sein Magen. Vor lauter Aufregung hat er seinen Hunger total vergessen. Schnell schiebt er sich einen Löffel nach dem anderen in den Mund.

„Guten Morgen, gibt es schon Kaffee?" Mischas Vater betritt die Küche und setzt sich an den Tisch. Er nimmt sich ein Brötchen und streicht Butter und Marmelade darauf. Dann greift er nach der Zeitung, die direkt vor Bongo auf dem Tisch liegt. Er schlägt sie auf, lehnt sich zurück und beißt genüsslich in sein Brötchen.

Mischa und Bongo sehen sich an. Nie-mand beachtet den kleinen Dino.

„Mischa, wo bleibst du denn?", ruft Elena aus dem Flur.

Der Junge springt auf und stellt seine leere Schüssel in die Spüle. „Bis später", ruft er seinen Eltern zu und verlässt die Küche. Bongo läuft ihm wieder hinterher.

Die beiden Freunde gehen Seite an Seite zur Schule. Elena begleitet sie und plaudert die ganze Zeit, doch Mischa hört ihr gar nicht zu. Er beobachtet die Menschen, die ihnen auf der Straße begegnen. Keiner nimmt den kleinen Dino zur Kenntnis.

In der Schule verabschiedet sich seine Schwester und läuft zu ihren Freundinnen. Mischa und Bongo machen sich auf den Weg zum Klassenzimmer. Während die beiden den Raum betreten, schaut sich Mischa aufmerksam um. Niemand scheint sie zu beachten, also setzt er sich mit dem blauen Dino an seinen Platz. Bongo verkriecht sich unter dem Tisch.

„Hallo, Mischa! Ich bin wieder da", begrüßt ihn jemand freudig.

Mischa dreht sich um. Hinter ihm steht ein kleiner, zierlicher Junge mit blonden Haaren und einer großen runden Brille auf der Nase.

„Hey, Tim! Bin ich froh, dass du wieder da bist. Gehts dir besser?" Mischa schaut sich nervös um.

„Ja, alles wieder gut. Aber was ist mit dir? Suchst du etwas?"

„Schau mal unter den Tisch", flüstert Mischa.

Tim bückt sich. Als er sich wieder aufrichtet, schaut er seinen Freund verwirrt an. „Was soll da sein?", fragt er.

„Kannst du ihn nicht sehen?"

„Wen?"

In diesem Moment betritt Herr Neumann den Raum. Sofort verstummt die Klasse und alle lauschen den Erklärungen des Lehrers zum schriftlichen Addieren.

„Was ist denn nun unter dem Tisch?", flüstert Tim.

„Mein Dino", murmelt Mischa.

„Dein was?"

„Mein Dino. Er ist aus dem Ei geschlüpft, das ich gefunden habe."

Tim schaut ihn mit großen Augen an. Dann bückt er sich erneut, um unter den Tisch zu sehen.

„Suchst du etwas, Tim?", fragt Herr Neumann.

Erschrocken fährt der Junge hoch und stößt sich den Kopf an der Tischkante.

„Autsch!" Tim reibt die schmerzende Stelle.

Einige Schüler kichern leise. Nur Justus lacht so laut über das Missgeschick, dass Herr Neumann ihm einen strengen Blick zuwirft.

Bis zur Pause traut sich keiner mehr, etwas zu sagen. Doch beim Ertönen des Pausengongs rennen Mischa, Tim und Bongo aus dem Klassenzimmer. Sie haben eine Menge zu bereden, aber nur wenig Zeit.

Es ist Hofpause. Alle Schüler verlassen das Gebäude. Die drei Freunde suchen sich eine ruhige Ecke auf dem Schulhof. Sie verstecken sich hinter dem Schuppen mit den Spielgeräten. Mischa und Tim setzen sich ins Gras, Bongo klettert auf einen Baumstumpf.

Aufgeregt erzählt Mischa alles über den kleinen blauen Dino mit dem roten Stern auf dem Bein und den großen Augen, die wie Bernstein leuchten.

Er erklärt, wie Bongo sprechen gelernt hat und, dass ihn niemand sehen kann. Niemand außer Mischa.

Tims Augen werden immer größer. Mit offenem Mund lauscht er Mischas Worten.

„Kann er mich hören?", fragt er seinen Freund.

„Natürlich", antwortet Mischa.

„Hallo, Bongo", begrüßt Tim den Dino. Dabei blickt er unentschlossen hin und her. Er ist sich nicht sicher, in welche Richtung er sprechen soll.

„Er sitzt dort auf dem Baumstumpf", hilft Mischa ihm.

Tim lächelt seinen Freund dankbar an. „Ich bin Tim. Leider kann ich dich nicht sehen, aber wir werden bestimmt trotzdem jede Menge Spaß haben."

„Mischas Kumpel sind auch meine Kumpel", antwortet Bongo.

Eine Weile sitzen die Drei beieinander und wissen nicht, was sie sagen sollen.

„Lasst uns Fangen spielen. Du bist dran", schlägt Mischa vor. Er springt auf, tippt den Dino an und läuft davon.

Freudig jagen die Freunde über den Schulhof. Nach dem Ende der Pause kehren sie gutgelaunt und ausgetobt zurück ins Klassenzimmer. Den ganzen Tag löchert Tim die beiden mit Fragen. Mischa übersetzt Bongos Antworten für ihn.

Im Unterricht sitzt Bongo unter dem Tisch und hört aufmerksam zu. Einmal weiß Mischa nicht weiter, da flüstert er ihm sogar die richtige Lösung ins Ohr. So ein unsichtbarer Freund ist schon praktisch, findet er.

Doch bald darauf wird dem Dino langweilig und er stellt jede Menge Unsinn an. Erst singt und tanzt er durch den Raum. Mischa berichtet Tim genau, was Bongo anstellt. Die beiden halten sich den Mund zu, um nicht laut loszulachen.

Dino schleicht zur Tafel und schnappt sich die Kreide des Lehrers. Diese schwebt nun wie von Geisterhand durch die Luft, denn außer Mischa kann niemand sehen, wer da durch das Klassenzimmer spaziert.

Zunächst starrt Tim mit großen Augen der Kreide hinterher. Dann lacht er und freut sich, auch mal etwas von Bongo wahrzunehmen. Die anderen Schüler sind so mit dem Rechnen beschäftigt, dass sie gar nicht merken, was da vor sich geht.

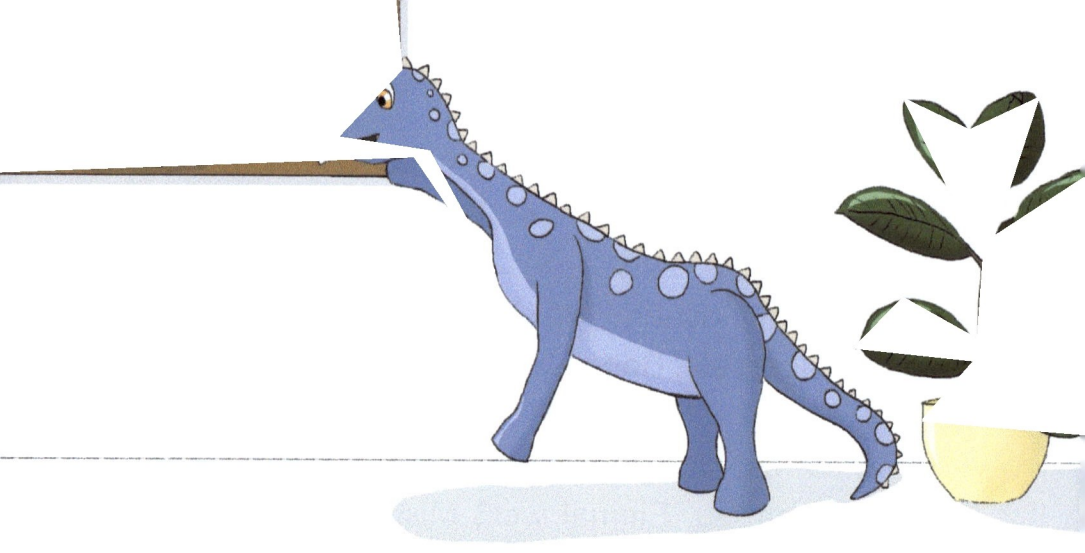

Nur Lena starrt mit offenem Mund Richtung Tafel. Aufgeregt tippt sie ihrer Nachbarin Sophie auf die Schulter und zeigt auf die schwebende Kreide. Ungläubig reiben sich die Mädchen die Augen. Doch als sie wieder hinsehen, ist die Kreide ver- schwunden.

Bongo hat sie im Topf des großen Gummi- baumes versteckt. Die beiden schütteln verwun- dert den Kopf.

Herr Neumann bemerkt das Fehlen der Kreide und sucht verzweifelt danach.

Eben war sie doch noch da!

Lena und Sophie überlegen, ob sie dem Lehrer erzählen sollen, dass seine Kreide davongeflogen ist. Aber würde er ihnen Glauben schenken? Ver- mutlich nicht. Darum beschließen sie, ihre Beobachtung lieber für sich zu behalten.

Genervt macht sich Herr Neumann auf den Weg zum Lehrerzimmer, um eine neue Packung zu holen. Die Klasse freut sich über die zusätzliche Pause. Obwohl sie nicht wissen, wem sie diese lehrerfreie Zeit verdanken.

Am Ende des Schultages können sich die Freunde kaum voneinander trennen. Am liebsten würde Tim mit zu Mischa nach Hause gehen, aber seine Eltern warten auf ihn.

„Wir sehen uns doch morgen wieder. Bongo wird nun jeden Tag mit zur Schule kommen", verspricht Mischa.

„Das wird spitze! So viel Spaß hatten wir lange nicht. Ich freue mich schon auf morgen", antwortet Tim.

Die Freunde verabschieden sich und treten gut-gelaunt den Heimweg an.

Den Dinos
auf der Spur

Traurig rollt sich Bongo auf Mischas Bett zusammen.

„Bongo, was ist mit dir?" Besorgt legt Mischa einen Arm um seinen Dino. Den ganzen Nachmittag liegt er schon dort. Er hat keine Lust, zu spielen. Er möchte nichts essen und sagt nicht ein Wort.

Bongo seufzt und zieht sich die Decke über den Kopf.

„Bist du krank?", fragt Mischa.

„Nein."

„Bist du traurig?"

„Ein bisschen", gesteht der Dino.

„Warum denn?"

Bongo schlägt die Decke zurück und gibt ein weiteres tiefes Dino-Seufzen von sich. „Gibt es gar keine anderen Dinos mehr?", fragt er betrübt.

„Ich glaube nicht", antwortet Mischa zögerlich. Er kann seinem Freund ja kaum sagen, dass die Dinosaurier längst ausgestorben sind.

„Ich möchte wissen, woher ich komme. Und wer zu meiner Familie gehört", erklärt Bongo.

Mischa sieht ihn bekümmert an. Er versteht seinen Freund. Wäre er allein auf dieser Welt, würde er seine Familie auch vermissen. Sogar

Elena, obwohl sie so oft streiten. Er hat sie trotzdem lieb.

Einen Moment lang sagt keiner ein Wort, bis Mischa eine Idee hat.

„Ich zeige dir die Höhle, in der ich dich gefunden habe. Vielleicht finden wir dort einen Hinweis", ruft er begeistert.

„O ja!" Schnell springt Bongo aus dem Bett.

Mischa packt ein paar Kekse und eine Taschenlampe in seinen Rucksack und zieht sich an. Gemeinsam laufen sie los. Schon bald erreichen sie den See mit den Fischen und Seerosen.

„Hier haben wir ein Picknick gemacht", erinnert sich Mischa.

„Was ist ein Picknick?", fragte Bongo neugierig. Das hört sich für ihn nach einem tollen Spaß an.

„Bei einem Picknick isst man gemeinsam etwas Leckeres im Freien", erklärt Mischa.

„Das klingt toll. Wir müssen das auch mal machen."

„Dann setz dich. Ich habe Kekse dabei", sagt Mischa mit einem Grinsen. Bongo stampft freudig mit den Vorderfüßen auf und setzt sich auf einen Stein.

Der Junge stellt seinen Rucksack auf den Boden und verteilt die Kekse.

„Mhm, lecker!" Der blaue Dino isst einen Keks nach dem anderen. Dabei schauen sie auf das Wasser, beobachten zwei Enten und zählen die Seerosen. So wie Mischa mit seiner Mama damals.

„Lass uns weiter gehen", schlägt der Junge vor. „Zur Höhle geht es da entlang." Er nimmt seinen Rucksack. Gemeinsam setzen sie ihren Weg fort. „Die Höhle liegt hinter Sträuchern und Efeu verborgen. Hoffentlich finde ich sie wieder."

Bongo genießt das Suchspiel im Wald. Er springt über Wurzeln, raschelt durch das Laub und versteckt sich hinter Büschen und Bäumen.

Mischa juckt es in den Beinen. Aber er traut sich nicht, mit dem Dino zu spielen. Er hat Angst, die Höhle zu verpassen.

Schließlich kann Mischa doch nicht mehr widerstehen. Der Junge rennt los, um Bongo zu fangen. Als sich der Dino nach seinem Freund umdreht, fällt er fast in einen riesigen Ameisenhaufen. Er kann sich gerade noch abfangen.

Fasziniert beobachtet Bongo die kleinen Insekten. Er staunt, was diese Tierchen alles bewegen.

Sogar Blätter, die erheblich größer sind als sie selbst.

Um keine weiteren Tiere zu stören, beschließen sie, von nun an durch den Wald zu schleichen. Sie spielen Entdecker auf geheimer Mission. Die beiden sind so leise, dass sie tatsächlich zwei Eichhörnchen in den Bäumen und einen Hasen in der Ferne beobachten können.

Die Minuten vergehen. Als Mischa auf seine Uhr schaut, erschreckt er sich. Bald wird es dunkel. Sie haben die Höhle völlig vergessen.

„Lass uns umkehren! Wir versuchen es morgen noch einmal", schlägt Mischa vor.

„Aber meine Familie ...", murmelt Bongo traurig und schnieft leise.

„Die muss leider bis morgen warten. Wir könnten uns im Dunkel verletzen, das ist zu gefährlich", antwortet Mischa.

Bongo trottet neben seinem Freund her. Wie gerne hätte er den Ort gesehen, an dem alles angefangen hat.

„Aua!" Der Schrei des Jungen lässt den Dino aufschauen.

Mischa liegt am Boden!

„Tut es weh?", fragt er und hilft seinem Freund auf.

„Geht schon", antwortet Mischa und klopft sich den Schmutz von der Hose. Als er sich aufrichtet, staunt er nicht schlecht. „Mensch, Bongo! Sieh nur! Da ist sie ja!", ruft er begeistert. „Komm mit!" Sofort ist der Sturz vergessen.

Mischa läuft hastig in die Höhle. Dieses Mal ist er vorbereitet. Er holt die Taschenlampe aus dem Rucksack und leuchtet in den Eingang hinein.

Die Luft in der Höhle ist kalt und feucht. So wie sie Mischa in Erinnerung hat. Gespannt schauen sich die beiden Freunde um. Die Wände sind mit Moos bewachsen und auf dem Boden liegt Geröll. Sie untersuchen jeden einzelnen Stein, aber keiner sieht aus wie Bongos Ei. Enttäuscht setzt sich der blaue Dinosaurier auf den Boden.

Mischa kuschelt sich an ihn. „Tut mir so leid, dass wir nichts gefunden haben!"

„Ich bin wirklich der einzige Dino auf der Welt", stellt Bongo traurig fest.

„Dafür hast du mich", sagt Mischa und streichelt seinen Freund.

Der Dino schaut in Mischas rehbraune Augen. „Stimmt! Ich muss meine Familie gar nicht suchen. Ich habe sie schon lange gefunden!"

Mischa runzelt die Stirn. „Du weißt, wo es noch andere Dinos gibt?", fragt er skeptisch.

„Nein, Kumpel. Du bist meine Familie!", sagt Bongo und lacht. „Mehr brauche ich nicht."

Mischa lächelt. Für ihn gehört der Dino schon lange zur Familie. „Lass uns nach Hause gehen. Mama wartet sicher mit dem Abendessen."

Bongo hilft Mischa auf und gemeinsam laufen sie glücklich und mit knurrenden Mägen nach Hause.

Mamas
Geburtstag

„Schieß zu mir, Kumpel!" Bongo hüpft lachend auf und ab. Er liebt es, mit seinem Freund Fußball zu spielen. Zwei umgedrehte Eimer bilden das Tor. Der Dino steht dazwischen und winkt Mischa zu.

Elf Schritte entfernt legt der Junge den Ball auf die Erde. Er nimmt Anlauf und schießt mit aller Kraft. Der Fußball fliegt direkt auf Bongo zu. Er trifft ihn mit solcher Wucht, dass der Dino umfällt. Zusammen mit dem Ball landet er im Tor.

„Entschuldige, Bongo! Hast du dir weh getan?" Besorgt eilt Mischa herbei.

Der Dino hebt den Kopf und grinst. „So war das eigentlich nicht gedacht. Aber der Ball ist im Tor gelandet. Punkt für dich."

Mischa hört gar nicht zu und starrt gedankenverloren in die Ferne.

„Was ist los, Kumpel? Du bist heute gar nicht bei der Sache. Woran denkst du?", fragt Bongo besorgt.

„Ach, weißt du... Meine Mama hat morgen Geburtstag." Er schaut betrübt auf seine Schuhspitzen.

„Das ist doch schön."

„Ja schon, aber ich weiß nicht, was ich ihr schenken soll." Mischa lässt sich ins Gras fallen.

Bongo setzt sich neben ihn. Gemeinsam überlegen sie, was ihr gefallen könnte.

„Ein gepflückter Blumenstrauß", schlägt der blaue Dino vor.

„Wie langweilig", findet Mischa.

„Oder eine hübsche Tasse?"

„Dafür reicht mein Taschengeld nicht."

„Wie wäre es mit einem gemalten Bild oder einem selbst geschriebenen Gedicht?" Bongo gehen langsam die Ideen aus.

„Das kann ich beides nicht besonders gut", sagt Mischa mit gesenktem Kopf.

„Was kannst du denn gut?", fragt der Dino.

Das ist eine gute Frage. Der Junge überlegt eine Weile, ehe ihm etwas einfällt.

„Wir haben letzte Woche in der Schule einen Apfelkuchen gebacken. Das könnte ich machen!", ruft Mischa begeistert.

„Das ist eine tolle Idee!", stimmt Bongo zu.

„Lass uns gleich loslegen. Hoffentlich haben wir alle Zutaten da." Mischa springt auf. Die beiden Freunde laufen ins Haus.

Gemeinsam durchsuchen sie die Küche. Bongo findet eine Schüssel. Mischa gibt Butter und Zucker hinein.

„Jetzt müssen wir die Eier aufschlagen. Das ist gar nicht so einfach", erklärt Mischa dem Dino.

Er nimmt das erste Ei und schlägt es auf den Rand der Schüssel. Dabei kippt sie leider um und der Inhalt landet auf dem Boden.

„O nein!", schreit Mischa und hält sich die Hände vor sein Gesicht.

„Satz mit X, das war wohl nix", ruft Bongo und lacht.

Da muss auch Mischa lachen. Gemeinsam wischen sie den Boden und beginnen von vorn. Dieses Mal hält Bongo die Schüssel fest, während sein Freund das Ei auf den Rand schlägt.

„Geschafft! Das erste Ei ist drin", jubelt Mischa. Nummer zwei und drei landen diesmal problemlos in der Schüssel.

Bongo sieht sich das Ergebnis an. „Bist du sicher, dass das so richtig ist?", fragt er unsicher.

Mischa schaut nach.

„O nein, die winzigen Eierschalen gehören da nicht rein. Die müssen wir rausholen."

Der kleine Bäcker schnappt sich einen Löffel und fischt Eierschale für Eierschale aus dem Teig. Danach holt er das Rührgerät aus dem Schrank und hält es in die Schüssel. Er schaltet es auf die höchste Stufe, sofort spritzen die Zutaten in alle Richtungen. Erschrocken stellt er das Gerät ab.

„Menno, was für eine Sauerei!", ruft er entsetzt.

„Macht doch nichts", beruhigt Bongo ihn. „Das machen wir später sauber. Jetzt wird weiter gerührt. Aber nur mit halber Kraft."

Mischa schaltet das Gerät ein. Dieses Mal auf kleinerer Stufe.

Während der Junge rührt, gibt Bongo das Mehl hinzu. Dabei verteilt es sich wie eine weiße Wolke im ganzen Raum. Schnell stellt Mischa das Rührgerät erneut ab. Die beiden Freunde husten um die Wette. Von oben bis unten weiß wie Gespenster schauen sie sich verdutzt an.

„Wie du aussiehst!", johlt Bongo und kugelt sich auf dem Boden vor lachen.

„Du siehst auch nicht besser aus. Wie ein Mehlmonster", ruft Mischa, nimmt etwas Mehl von der Arbeitsplatte und wirft damit nach Bongo.

„Was ist denn hier los?", ertönt eine strenge Stimme hinter Mischa. Der Junge dreht sich um. In der Tür steht seine Schwester Elena.

„Kannst du mir mal verraten, was das hier werden soll?", fragt sie und betrachtet mit weit aufgerissenen Augen das Chaos in der Küche.

„Also ... Ich wollte nur ... Mama hat doch morgen Geburtstag. Das soll eine Überraschung werden", erklärt Mischa kleinlaut.

„Tolle Überraschung. Mama wird sich riesig über dieses Schlachtfeld freuen", bemerkt Elena spitz und stemmt beide Hände in die Hüften.

Mischa schaut zu Boden. Mit hängenden Schultern steht er in dem Durcheinander und weiß nicht, was er sagen soll. Elena kommt näher. Neugierig wirft sie einen Blick in die Schüssel und rümpft die Nase.

„Was wird das denn?", fragt sie.

„Ein Apfelkuchen", murmelt Mischa.

Elena seufzt. „Also gut. Du holst einen Lappen und machst die Schränke sauber. Ich wische den Boden. Und anschließend werden wir sehen, ob wir zwei Meisterbäcker das noch retten können", schlägt sie vor.

Mischa hebt den Kopf und schaut sie mit großen Augen an. „Das würdest du tun?", fragt er.

„Na los, bevor ich es mir anders überlege."

In Windeseile putzen sie die Küche blitzeblank.

Bongo sitzt auf dem Küchentisch, baumelt mit den Beinen und schaut den beiden zu.

Danach schälen die Geschwister Äpfel und schneiden sie in Stücke. Nun ist der Teig an der Reihe. Mischa beobachtet seine große Schwester genau. Sie weiß, was zu tun ist. Im Nu ist der Kuchenteig fertig. Elena füllt ihn in die Backform. Gemeinsam legen sie die Äpfel darauf und schieben den Kuchen in den Ofen.

„Danke!", sagt Mischa freudig.

Elena lächelt. „Das hab ich gern gemacht."

Als die Küchenuhr klingelt, holen sie den Kuchen aus dem Ofen.

„Mhm, wie das duftet", schwärmt Mischa.

„Du hast recht", stimmt Elena zu. „Wir müssen unbedingt die Fenster öffnen. Sonst wars das mit der Überraschung."

„Du denkst echt an alles", gibt Mischa bewundernd zu.

Während Elena die Küche durchlüftet, fällt die Haustür ins Schloss.

„Ich bin wieder da!", ruft jemand aus dem Flur.

„Das ist Mama! Schnell, nimm den Kuchen mit in dein Zimmer", flüstert Elena aufgeregt.

Auf Zehenspitzen schleicht Mischa durch das Haus. Dicht gefolgt von einem kleinen blauen Dino. Wie Geheimagenten schauen sie um die Ecken, ob die Luft rein ist.

In seinem Zimmer angekommen, atmet Mischa erleichtert durch. „Puh, das war knapp", sagt er und stellt den Kuchen auf dem Schreibtisch ab.

„Das war echt nett von deiner Schwester", meint Bongo und springt auf Mischas Bett.

„Ja, manchmal vergesse ich, wie lieb sie sein kann", gibt Mischa zu.

Am nächsten Tag ist es so weit. Mit einem breiten Grinsen und roten Wangen überreicht Mischa stolz sein Geschenk.

„Vielen Dank, mein Schatz!", ruft Mama begeistert und nimmt ihn fest in den Arm. „Der Kuchen sieht lecker aus. Und wie er duftet. Hast du den ganz allein gebacken?"

„Elena hat mir geholfen", gesteht Mischa verlegen.

„Aber Mischa hatte die Idee", erklärt seine Schwester und zwinkert ihm zu.

Gemeinsam decken sie den Tisch. Mama schneidet den Kuchen an und reicht jedem ein Stück.

„Köstlich!", nuschelt Papa zwischen zwei großen Happen Apfelkuchen.

Bongo möchte auch probieren. Er mopst sich ein Stück von Mischas Teller.

„Mhm, schmeckt der lecker!" Der Dino schließt genüsslich die Augen.

„Da hattest du eine echt tolle Idee, kleiner Bruder", sagt Elena.

Mischa lächelt. Obwohl sie sich oft streiten, sind sie doch ein hervorragendes Team.

Das
Sportfest

„T-Shirt, Sporthose, Turnschuhe, Trinkflasche ...
Hab ich etwas vergessen?", fragt Mischa.

Bongo gähnt. Er liegt auf dem Bett und beobachtet, wie sein Freund im Zimmer auf und ab rennt.

„Was ist denn los? Du machst doch ständig
Sport. Warum bist du heute so aufgeregt?", fragt
der Dino verwirrt, während Mischa zum dritten Mal
seine Tasche aus- und wieder einpackt.

„Heute ist das große Sportfest der Schule. Das
findet jedes Jahr statt. Die besten Schüler
bekommen sogar eine Medaille! Und wenn ich
richtig gut bin, schaffe ich es vielleicht doch noch in
die Schulmannschaft."

„Das wird schon, Kumpel", versucht Bongo, ihn
zu beruhigen. „Du bist der schnellste Junge, den
ich kenne."

Mischa atmet tief durch, nimmt seine Tasche und
macht sich gemeinsam mit seinem Freund auf den
Weg zum Sportplatz.

Tim wartet schon auf die beiden. Sie ziehen sich
um und rennen zum Aufwärmen eine Runde um
den Platz.

Frau Jost, die Sportlehrerin, ruft die Kinder
zusammen. Sie stellen sich im Kreis auf und
lockern ihre Muskeln.

„Bist du schon aufgeregt?", fragt Tim leise.

„Und wie", gibt Mischa zu. „Es wäre so toll, wenn ich es doch noch in die Schulmannschaft schaffen würde."

„Vergiss es, dass schaffst du sowieso nicht", zischt jemand neben ihm. Es ist Justus. Der große, kräftige Junge mit den roten Haaren grinst ihn überlegen an.

Mischa sieht betrübt zu Boden.

„Hör nicht auf ihn. Letztes Jahr hast du alle Medaillen abgeräumt. Das schaffst du heute auch", macht Tim ihm Mut.

„Außerdem hast du uns. Wir werden dich kräftig anfeuern. Versprochen!", sagt Bongo und lächelt ihm aufmunternd zu.

Zuerst geht die Klasse zum Weitsprung.

Mischa ist an dritter Stelle an der Reihe. Er nimmt Anlauf und springt mit aller Kraft.

„Zwei Meter fünfundachtzig, sehr gut!", ruft Frau Jost.

Mischa ist zufrieden. Am Ende reicht es für den zweiten Platz. Nur Justus springt weiter. Mit erhobenem Kopf und einem überlegenen Grinsen läuft er an Mischa vorbei.

Bongo stupst ihn in die Seite. „Mach dir nichts draus. Du warst super!", sagt er.

Tim stimmt dem Dino absolut zu. Mischa versucht, gar nicht mehr an Justus zu denken.

Das Werfen ist an der Reihe. Das kann er besonders gut. Er nimmt sich einen Ball aus dem Eimer und betrachtet ihn genau. Mit den Fingern befühlt er das glatte weiche Leder. Er atmet tief durch und konzentriert sich nur auf den Ball. Dann nimmt er Anlauf und wirft mit aller Kraft.

Frau Jost muss weit laufen. Sie legt das Maßband an die Stelle, an der sein Ball auf dem Boden aufgeschlagen ist.

„Dreißig Meter!", ruft sie und zeigt Mischa einen Daumen nach oben.

Stolz läuft der Junge zu Tim und Bongo. So weit hat er noch nie geworfen.

Auch kein anderes Kind kann ihn überbieten. Vor Freude hüpft er um seine Freunde herum. Sie lachen und vergessen dabei Justus' Stichelei.

Fehlt nur der Sechzig-Meter-Lauf. Dafür wird die Klasse in Gruppen eingeteilt. Jeweils vier Kinder sollen zusammen starten.

Frau Jost liest die Namen vor. „Und als letztes laufen Mischa, Maria, Annabel und Justus."

„O nein, ausgerechnet", murmelt Mischa.

„Kopf hoch", sagt Bongo. „Dem zeigst du, was du kannst."

Tim legt eine Hand auf Mischas Schulter. „Du schaffst das schon", ermutigt er ihn und macht sich auf den Weg zum Start. Er läuft in der zweiten Gruppe.

Mischa setzt sich neben Bongo ins Gras und schaut den anderen beim Laufen zu.

„Na, freust du dich schon?", fragt Justus hinter ihm gehässig. Er kommt näher und lässt sich neben Mischa nieder. Beinahe hätte er sich auf Bongo gesetzt. Schnell rollt der Dino zur Seite und bringt sich in Sicherheit.

Mischa ignoriert Justus und sieht den Läufern weiter zu.

„An deiner Stelle würde ich gar nicht erst antreten. Du hast sowieso keine Chance", fährt

Justus fort. „Du hast es das letzt mal nicht geschafft und du schaffst es dieses Mal auch nicht." Er klopft ihm kräftig auf den Rücken, steht auf und geht zu seinem Freund Johann. Er zeigt mit dem Finger auf ihn und die beiden kichern.

Mischa sieht zu Boden und knetet nervös seine Hände. Justus hat recht. Er wird es wieder nicht schaffen. Am besten, er bleibt hier sitzen.

„Mischa, los! Du bist dran!", ruft Frau Jost und winkt ihn zu sich herüber.

Betrübt zieht er die Beine fest an seinen Körper, legt den Kopf auf die Knie und hält sich die Ohren zu. Er will nichts sehen und nichts hören.

„Komm schon, Kumpel", sagt Bongo. „Das kannst du nicht auf dir sitzen lassen. Zeig diesem Schnösel, was du kannst!"

„Mischa? Das ist deine letzte Chance. Sonst starten wir ohne dich", ruft Frau Jost.

Er hebt den Kopf. Bongo lächelt ihn aufmunternd an. Dann sieht er Tim, der an der Ziellinie klatscht und jubelt.

Seine Freunde haben recht. Noch hat er nicht verloren. Er wird es Justus zeigen! Schnell springt er auf und läuft zu den Startblöcken.

„Hier bin ich, Frau Jost. Es kann losgehen!"

Mischa lächelt, als er Justus' überraschtes Gesicht sieht. Der hat wohl nicht damit gerechnet, dass er doch antritt.

Die Läufer begeben sich an den Start.

„Auf die Plätze ... Fertig ... Los!", ruft die Lehrerin und die Kinder sausen davon.

Die beiden Jungen sind gleichauf. Ihre Klassenkameraden schreien und feuern sie an. Das alles bemerkt Mischa kaum. Er konzentriert sich nur auf sich und seinen Lauf. Das Einzige, was er hört, ist Bongos Stimme in seinem Kopf:

„Du schaffst das, Kumpel!"

Nur noch wenige Meter. Mit letzter Kraft zieht er an Justus vorbei. Er überquert als Erster die Ziellinie und fällt erschöpft auf die Knie.

„Das war klasse, Mischa! Bestzeit!", hört er Frau Jost rufen.

Tim eilt herbei und hilft ihm auf. „Das war der Wahnsinn!", jubelt er.

Die beiden Freunde fallen sich in die Arme und tanzen freudig im Kreis.

„Mischa", unterbricht Frau Jost den Freudentanz. „Das war ein starker Lauf. Möchtest du morgen zum Training der Schulmannschaft kommen? So schnelle Läufer wie dich können wir immer gebrauchen."

Mit offenem Mund starrt er Frau Jost an.

„Nun sag schon ja", flüstert Bongo und gibt ihm einen kleinen Schups.

„D-d-das würde ich gerne", stottert er.

Seine Freunde jubeln und springen vor Freude in die Luft.

Da fällt sein Blick auf Justus, der ihn mit zusammengekniffenen Augen anstarrt. Er stampft wütend auf, dreht sich um und rennt davon.

Mischa lässt sich die Laune aber nicht verderben. Er freut sich, dass sein Traum wahr wird.

Ab morgen ist er Teil der Schulmannschaft!

Mischa,
der Held

Das Training mit der Schulmannschaft war anstrengend. Mischa ist erschöpft und trotzdem überglücklich.

Er steht unter der Dusche und kann nicht glauben, dass er es gestern tatsächlich geschafft hat, in das Team zu kommen. Zu Hause hat er sofort seinen Eltern davon erzählt. Sie waren stolz auf ihn. Mama hat zur Feier des Tages sein Lieblingsessen gekocht: Kartoffelbrei mit Fischstäbchen. Nur Elena konnte die ganze Aufregung überhaupt nicht verstehen.

Als Mischa vom Duschen in die Umkleidekabine zurückkommt, ist er allein. Nur Bongo wartet geduldig auf der Bank und baumelt mit den Beinen. Er hält einen Vorderfuß hoch in die Luft und betrachtet ihn genau.

„Was machst du da?", fragt Mischa.

„Ein Junge hat mit seinen Fingern geschnipst, das sah lustig aus. Schade, dass ich keine Finger habe. Das würde ich auch gerne können", erklärt Bongo.

Mischa lächelt. „Wenn du mal jemanden brauchst, der für dich schnippst, mach ich das." Er zieht sich schnell an und sie laufen nach Hause.

Doch als sie das Sportgelände verlassen wollen, wartet schon ein alter Bekannter auf sie.

„Wen haben wir denn da?", fragt Justus schlechtgelaunt und macht einen Schritt auf Mischa zu. „Ich fand es gar nicht nett, dass du mich gestern so lächerlich gemacht hast!" Justus starrt ihm direkt in die Augen.

„Das war nicht nett", nuschelt jemand hinter Mischa. Er dreht sich um und erblickt einen großen, dürren Jungen. Es ist Johann. Er baut sich vor ihm auf und grinst.

Mischa zittert plötzlich.

„Hab keine Angst," flüstert Bongo. „Ich bin bei dir."

Der Junge nimmt all seinen Mut zusammen und fragt: „Was wollt ihr von mir?"

„Gar nichts", antwortet Justus. „Wir wollen dir nur deine Tasche abnehmen, damit du nicht so schwer tragen musst." In diesem Moment greift er nach Mischas Sporttasche, reißt sie ihm aus der Hand und wirft sie Johann zu.

„Fang!", ruft er und lacht schadenfroh.

„Was soll das? Gib mir meine Tasche zurück!", fleht Mischa und versucht, sie den Jungs abzunehmen. Doch die beiden sind größer als er. Sie werfen die Tasche hin und her. Schließlich gibt er auf. Er ist den Tränen nah. Bongo möchte ihm so gerne helfen, aber er weiß nicht, wie er das anstellen soll.

Inzwischen kicken die Jungs die Tasche mit den Füßen. Sie grinsen und johlen vor Schadenfreude.

Verzweifelt startet Mischa einen letzten Versuch. Als Justus gegen die Tasche tritt, versucht er, sie zu fangen. Doch Johann ist schneller. Er hebt sie auf und wirft sie in hohem Bogen zurück zu seinem Kumpel. Sie fliegt zu weit. Justus läuft rückwärts in Richtung Straße. Er hat nur die Tasche im Blick.

„Mischa, das Auto!", brüllt Bongo entsetzt.

Da erblickt er das herannahende Fahrzeug. Ohne zu zögern, rennt er zu Justus. Er packt seinen Arm und zieht ihn zurück auf den Gehweg. Die beiden fallen zu Boden.

„Hey, was soll das?", ruft Justus verwundert. Er zuckt zusammen, als das Auto knapp an ihm vorbeirast. Erschrocken schaut er dem Fahrzeug nach. Dann sieht er Mischa überrascht an.

„Du hast mich gerettet", murmelt er.

„Schon gut", antwortet Mischa. Er steht auf und schaut sich suchend nach seiner Sporttasche um.

Da erblickt er sie. Johann hält sie triumphierend in die Luft.

„Suchst du vielleicht die hier?", fragt er spöttisch und wirft sie zu seinem Freund.

Justus fängt die Tasche und gibt sie Mischa.

„Spinnst du?", faucht er. „Lass gefälligst meinen Freund in Ruhe!"

Johann kratzt sich verwirrt am Kopf. „Aber ich dachte ...", brummelt er.

„Dieser Junge ist ein Held! Wenn du ihm noch ein Haar krümmst, bekommst du es mit mir zu tun!", schimpft Justus. Er legt seinen Arm um Mischa und zieht ihn mit sich. „Komm, ich bringe dich nach Hause."

Mischa sieht verwundert zu Bongo. Der Dino zuckt lächelnd mit den Schultern und folgt den beiden.

Auf dem Weg nach Hause redet Justus ununterbrochen. Er erzählt von seinen Eltern, die nie da sind. Und von seinem großen Bruder, der ihn immer Blödkopf nennt. Und davon, wie gerne er nachmittags durch den Wald rennt, um nicht zu Hause sein zu müssen.

Mischa hört aufmerksam zu. Justus tut ihm leid. Er ist gar nicht so doof. Er kann sogar nett sein.

„Also dann, bis morgen", sagt Justus, als sie vor Mischas Haus stehen. „Wir sehen uns in der Schule. Und wenn dich jemand ärgert, sag Bescheid. Den knöpf ich mir vor."

Besser nicht, denkt Mischa. Er nickt nur und winkt zum Abschied.

„Warte mal!", ruft Justus und sieht nervös zu Boden. „Danke!", murmelt er gerade so laut, dass Mischa es hören kann. Dann dreht er sich um und läuft davon.

Am Abend sitzen Bongo und Mischa auf dem Bett und spielen das Kartenspiel Mau-Mau.

„Hast du gedacht, dass Justus so nett sein kann?", fragt Bongo.

Mischa schüttelt den Kopf.

„Ich bin froh, dass ihr jetzt Freunde seid. Ich hatte schon ein wenig Angst vor ihm", gibt der Dino zu. „Aber natürlich hätte ich dich trotzdem gerettet!"

„Na klar!" Mischa lacht. Dann wird er ernst. „Wenn ich so darüber nachdenke, hast du mich gerettet", stellt der Junge fest. „Ohne dich hätte ich dieses Auto nicht bemerkt. Dann wären Justus und ich wahrscheinlich keine Freunde geworden. Ich bin so froh, dass ich dich gefunden habe."

„Das bin ich auch", antwortet der Dino.

Mischa und Bongo strahlen sich an. Sie sind glücklich. Die beiden haben etwas gefunden, das es nicht oft gibt:

Eine dinotastische Freundschaft.

Mandy Schlesinger lebt mit ihrer Familie im Erzgebirge. Mit ihrer unbändigen Phantasie fühlte sie sich als Verwaltungsmitarbeiterin beim Schreiben von Verwaltungsakten lange Zeit fehl am Platz. Heute nutzt sie ihre Kreativität, um nicht nur ihren eigenen Kindern mit liebevoll illustrierten Geschichten ein Lächeln ins Gesicht zu zaubern.

Impressum

Bibliografische Information der Deutschen Nationalbibliothek:
Die Deutsche Nationalbibliothek verzeichnet diese Publikation in der Deutschen Nationalbibliografie; detaillierte bibliografische Daten sind im Internet über http://dnb.dnb.de abrufbar.

© 2022 Mandy Schlesinger

Lektorat und Korrektorat: Teja Ciolczyk, Lektorat Gwynnys Lesezauber – www.gwynnys-lesezauber.de
Herstellung und Verlag: BoD – Books on Demand, Norderstedt

ISBN: 978-3-7562-4445-4